LETTRE

SUR LE PROJET

D'UNE NOUVELLE SALLE

DE COMÉDIE

FRANÇOISE.

M. DCC. LXX.

EXTRAIT

DE L'ANNÉE LITTÉRAIRE.

Projet d'une nouvelle Salle pour la Comédie Françoise.

VOus gémissez depuis long-temps, Monsieur, avec vos compatriotes éclairés, sur tous les vices d'emplacement & de construction de nos Salles de Spectacle. Celle de la Comédie Françoise, c'est-à-dire, du Théâtre de la Nation par excellence, est choquante sur-tout par les défauts sans nombre de l'intérieur & de l'extérieur : au dedans, des escaliers & des corridors si étroits qu'il n'y peut passer qu'une seule personne à la fois ; des foyers qui ne sont pas si grands que bien des chambres à coucher ordinaires, & dans lesquels, pour peu qu'il y ait de monde, on court risque d'être étouffé ; une scène sans noblesse & sans profondeur ; un orchestre où les Musiciens sont mal à leur aise ; des loges où la moitié des

A

ſpectateurs, pour voir quelque choſe, eſt obligée de ſe gêner par une attitude forcée ; &c, &c, &c : au dehors, nulle dignité , nulle grandeur; il y a mille Hôtels de Particuliers qui s'annoncent avec plus d'apparence ; nuls débouchés, nuls dégagemens, nulles iſſues; la communication de ce quartier avec les autres de Paris interceptée par l'embarras des voitures ; des dangers imminens d'être écraſés pour ceux qui vont à ce Spectacle & qui en ſortent, &c, &c, &c. A tous ces inconvéniens ſe joint aujourd'hui la vétuſté de l'édifice qui tombe en ruine ; il faut pour le réparer un temps & un argent conſidérables. Ces circonſtances ont engagé le Miniſtère à s'occuper ſérieuſement de la bâtiſſe d'une nouvelle Salle plus digne de notre ſiécle , de notre Capitale & de nos chef-d'œuvres dramatiques. On a parlé de pluſieurs projets relatifs à cette idée. Je n'en connois qu'un ſeul dont on m'a fait part, & qui, je crois , mérite l'attention du Gouvernement.

Ce projet a été formé par deux amateurs du Théâtre , (a) animés de ce zèle

____

(a) MM. P...... de M.... Sécretaire du Roi de J..... Avocat au Parlement, &c

(5)

pur qui caractérise les bons Citoyens.
Leurs vûes me paroiſſent d'autant plus
heureuſes , qu'elles annoncent des
avantages réels & ſans nombre pour
le Public , pour les Acteurs , & des
embelliſſemens ſi deſirés pour un des
carrefours les plus fréquentés de la
ville. Ils ont communiqué leurs idées
à M. *Liégeon* habile Architecte, qui les
a remplies avec une intelligence ſupé-
rieure. L'inſpection de ſes plans que
j'ai ſous les yeux , préſente la réunion
des avantages que les auteurs promet-
tent au Public & aux Comédiens. Les
avantages pour les Comédiens ſont 1°
l'acquiſition d'un terrein qui ſera , à
peu de choſe près, une fois plus grand
que celui qu'ils occupent aujourd'hui ;
2° la conſtruction d'un Hôtel plus
vaſte , plus magnifique & plus com-
mode; 3° la confection du projet fixée
à trois ans , à dater du jour de l'obten-
tion des Lettres-Patentes du Roi & de
leur enregiſtrement; 4° enfin , l'exécu-

M. Liégeon ont préſenté ce Projet avec le
Plan à M. le Comte de St. Florentin, le 14
Décembre 1769, & ce Miniſtre a paru l'hono-
rer de ſon ſuffrage.

A

tion du projet achevée fans être à char-
ge ni à l'Etat ni aux Comédiens , fans
qu'ils faffent les moindres avances , les
plus petits déboutfés , les frais les plus
légers.

Le nouvel Hôtel fera fitué majef-
tueufement au milieu d'une place cir-
culaire au carrefour de Buffy , qui fera
auffi grande que celle des Victoires ,
& que l'on décorera uniformément ;
on peut juger de l'embelliffement qui
en réfultera pour ce quartier de la ville.
L'édifice de la Comédie formera une
efpèce d'Ifle entourée de rues ; ce qui
donnera toute l'aifance poffible pour
la circulation des carroffes & l'écoule-
ment des gens de pied. On percera de
nouvelles rues communiquant à d'autres ; elles faciliteront le paffage du
concours du Public , que ce quartier
marchand ou le fpectacle même attirent
dans cette partie de la ville.

Quant à la beauté de la Salle , l'Artifte auquel on s'eft adreffé croit pouvoir fe flatter de mériter la confiance
dont on voudra bien l'honorer pour
l'élévation d'un monument dont il
connoît à la fois l'importance & les
difficultés. Livré par goût depuis plu-

fieurs années à l'étude de l'Architecture, il n'a rien négligé pour perfectionner fes connoiffances dans ce genre.
Il a fait dans cette vue un long féjour
en Italie, où fes travaux lui ont mérité les
applaudiffemens les plus flatteurs. Il y
a même à ce fujet une anecdote bien
glorieufe pour cet Artifte. Il fe fait
tous les trois ans à Rome un concours
pour les Prix de Peinture , de Sculpture & d'Architecture. Une Académie
célèbre, entretenue par le Pape , pro-
pofe les fujets de ces Prix. On admet
à ce concours les étrangers comme les
Romains. On donne huit mois pour
remplir le programme dans chaque partie. Ceux qui concourent ont la liberté
de travailler chez eux en particulier ;
mais, pour s'affûrer de la réalité de leurs
talens, lorfqu'ils font au moment d'ê-
tre couronnés, on leur préfcrit un ob-
jet moins confidérable que celui du
prix ; ils font obligés de l'exécuter fous
les yeux des Académiciens dans l'efpace de deux heures feulement ; on com-
pare ce dernier ouvrage , dont on ne
peut douter, avec celui qu'on a fait
dans les huit mois ; & fi l'on trouve

A iij

du rapport dans le style & la manière des deux morceaux, on adjuge la palme. La distribution de ces prix se fait au Capitole avec la plus grande magnificence. Les Cardinaux, les Evêques, toute la Noblesse Romaine, l'Académie des Arcades, & les Ministres étrangers assistent à cette pompeuse cérémonie. Le Pape, assis sur son trône, distribue lui-même les Prix, & la séance finit par des Odes & des Sonnets à la louange des Artistes couronnés. En 1754 on avoit donné pour sujet d'Architecture une Eglise Cathédrale Métropolitaine pour une ville capitale d'un grand Royaume, avec deux palais, l'un Archiépiscopal, l'autre pour loger quarante Bénéficiers. M. *Liégeon*, sans appui, sans protection, excité par son génie seul, conçut le noble desir de prétendre au laurier de son art. Il avoit des concurrens d'autant plus redoutables que les Elèves que le Roi envoie tous les ans à Rome pour s'y perfectionner étoient déja connus avantageusement par leurs essais, & que de plus ils étoient protégés par des personnes puissantes. Malgré tant d'obstacles, M. *Liégeon* fut déclaré vainqueur. Les Aca-

démiciens le firent venir & lui deman-
dèrent, pour la feconde & véritable
preuve de fon talent , une porte de
ville d'Ordre Dorique , ornée de colonnes. Il la deffina fous leurs yeux
en moins d'une heure , & les frappa
tous d'admiration. Il eut la gloire de
remporter le premier Prix, & d'avoir
pour témoin de fon triomphe M. le
Duc *de Choifeul* , alors Ambaffadeur à
Rome, qui honoroit la cérémonie de
fa préfence. M. *Liég on*, depuis fon re-
tour en France , s'eft acquis de la ré-
putation par plufieurs monumens pu-
blics en Province, entr'autres par des ca-
fernes à Moulins, par des châteaux (*b*), des

(*b*) Le Château de *Balincourt* , dans le
Vexin François , appartenant à M. le Maré-
chal de Balincourt.

Le Château *du Vaudois* , à Brie-Comte-
Robert , appartenant à M. de Verfufe , Sé-
crctaire du Roi.

On doit à fes foius l'exploitation des Mar-
bres de *Diou* & de *Saint Léon* , près l'Abbaye
de Sept-Fonds, en Bourbonnois , & dont de
célèbres Artiftes ont fait ufage depuis, pour
décorer la colonne de l'Hôtel de Soiffons, &
l'Eglife de Notre-Dame. Il reçut à cette occa-
fion en 1762, des mains de M. de Fleffelles ,
lors Intendant de Moulins , des marques écla-
tantes du fervice qu'il avoit rendu par cette
utile découverte.

hôtels , &c. Il en conftruit un (c) actuellement rue de Saint Florentin , à côté de M. *le Maître* Tréforier Général de l'Artillerie. Quoiqu'il n'y ait encore que la moirié d'élevée , il fuffit de le voir pour prendre l'idée d'un homme fupérieur dans fon genre ; au génie qui invente , M. *Liégeon* unit le goût qui perfectionne & le talent qui exécute.

Pour revenir au plan de la nouvelle Salle de Comédie , il eft certain, Monfieur, qu'elle feroit très - bien fi-

---

(c) Ce bâtiment eft compofé d'un corps de Logis double , de 138 pieds de face fur la rue, comprenant deux Hôtels, diftribués d'un rez-de-chauffée, Entrefole , premier & fecond Etages; cette décoration eft formée de trois divifions dans fa hauteur : La premiere eft un foubaffement qui comprend le rez-de-chauffée & l'entrefole. Ce foubaffement eft orné de deux portes formant deux avant corps , décorées chacune de deux colonnes engagées dans le mur, & deux pilaftres foutenant un Balcon en Baluftres, de 36 pieds de long ; les parties faifant arriere-corps font ornées de croifées, prifes dans des cours de réfends, ce foubaffement en général produit un grand effet, il eft le plus beau que l'on ait conftruit jufqu'à préfent dans Paris, étant de pure Architecture fans aucun ornemens de Sculpture.

ruée dans l'emplacement qu'on a choisi
& que je n'en connois point qui puisse
offrir autant de commodités, d'issues,
de débouchés, &c; les Comédiens, les
Spectateurs, & le local même, en re-
tireroient des avantages dont l'énumé-
ration seroit infinie.

Tout projet n'est rien sans finance.
Les auteurs de celui-ci feroient percer en
face de la Comédie actuelle une rue qui
aboutiroit à celle de l'Eperon ou cul-
de sac de Rouen que l'on élargiroit ; une
autre en équerre qui joindroit celle des
Cordeliers & correspondroit à une autre
donnant dans la rue Saint André-des-
Arcs; une autre enfin dans le terrein
même de la Salle actuelle de la Comé-

____

Le premier étage est décoré de onze croisées ornées de corniches, chambranles & d'ap-
puis avec balustres; la plinte au-dessus desdites
croisées séparant la deuxiéme d'avec la troi-
siéme division, sert aussi d'embase aux croisées
du second étage, lesquels sont moins grandes & ont moins de saillie que celles du premier, afin de faire paroître avec plus d'avan-
tage la grande corniche qui termine cet
édifice.

Cette corniche est à double modillons : elle
produit un grand effet.

Il n'y a jusqu'à présent que les deux tiers

die qui communiqueroit à la rue des Mauvais Garçons que l'on élargiroit de six pieds. Ces percées procureroient un emplacement pour bâtir environ cinquante maisons, Hôtels ou boutiques, indiqués en partie fur le plan par des teintes rouges. Cet emplacement ne contient aujourd'hui que des jeux de boules, de paume, & quelques bicoques dont la valeur eft très-médiocre. Le terrein appartient pour la plus grande partie au Roi ; il formoit anciennement le rempart de la ville ; il exifte encore une partie du mur, que l'on a tracé fur le plan.

---

de cette face d'élevée, le refte fera commencé au printeuis prochain.

Ce premier bâtiment eft conftruit en pierres de taille ; il a été élevé dans l'efpace de fix mois, la décoration de la face, fçavoir, les refends, corniches, croifées, colonnes & pilaftres, ont été pofés en maffe : ils feront réduits, mis en proportions, & ornés de Sculptures, quand on fera le ragrément général, ce qui mettra un accord dans cet édifice dont l'afpect dans l'etat actuel, ne peut produire que des effets durs, qui n'exifteront plus quand toutes ces parties feront terminées.

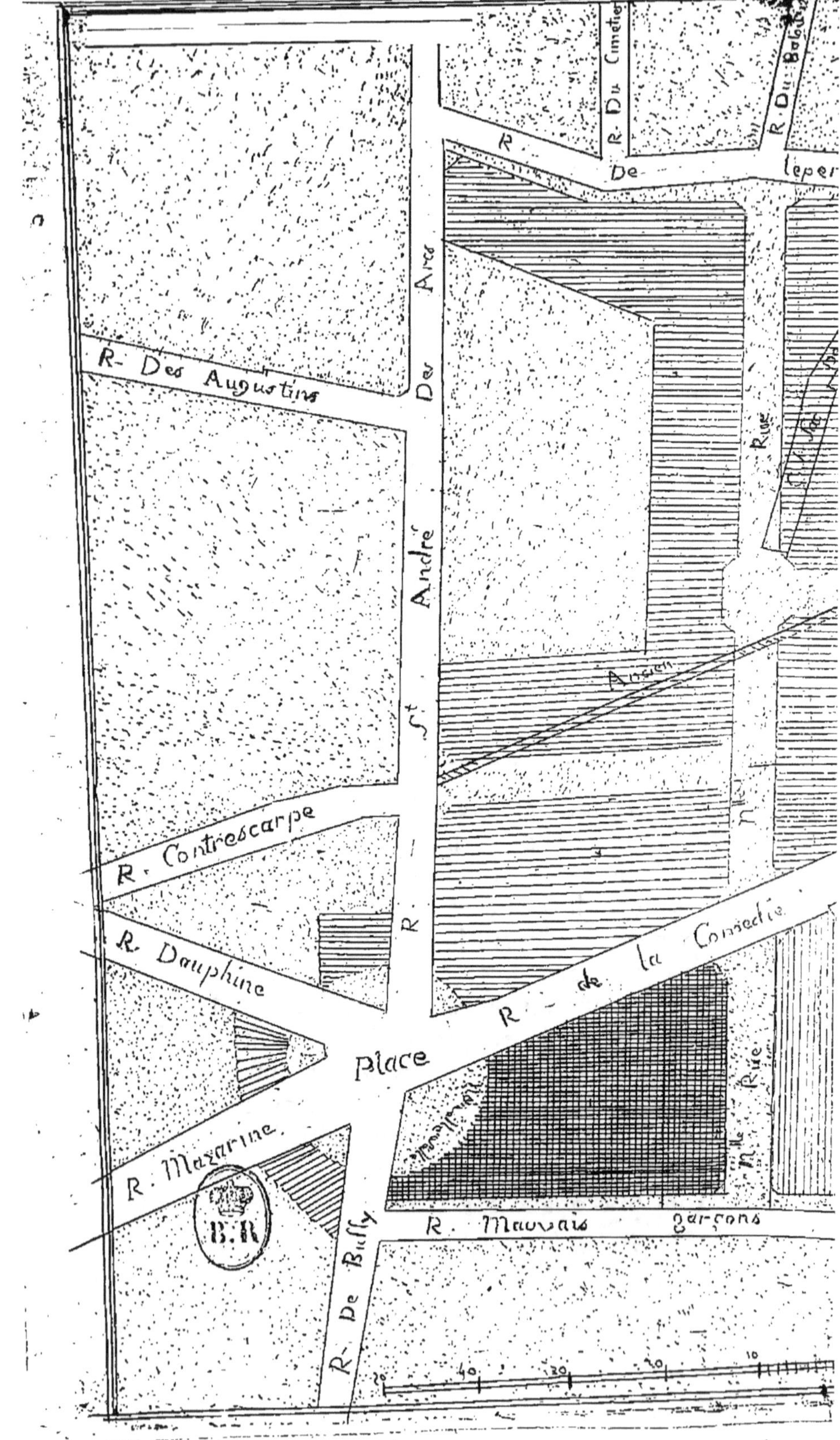

R. Du Cimetiere
R. Du Bol...
R. De l'eper...
R. Des Augustins
R. Des St Andre Des Arcs
R. Ancien
Rue
R. Contrescarpe
R. Dauphine
R. de la Comedie
Place
R. Mazarine
B.R
R. De Buffy
R. Mauvais garçons
Rue
40
30
20
10

Ce fonds, en non valeur à préfent, en acquerroit une réelle par fa nouvelle fituation, lorfqu'il formeroit les aîles de grandes rues marchandes dans le fauxbourg Saint Germain, à la proximité du Spectacle de la Comédie Françoife; on peut hardiment afsûrer (& cela paroîtra jufte à tous ceux qui connoiffent les opérations d'architecture) que ce terrein quadrupleroit au moins de fa valeur actuelle, dans un temps furtout où l'on a le goût de bâtir, & où les particuliers croyent ne pouvoir mieux placer leurs fonds qu'en élevant des maifons. Les auteurs du projet fe propofent de conftruire fur cette vafte étendue des maifons, des boutiques & des Hôtels; on peut juger fi les uns & les autres feroient d'une location riche & facile. Au refte, les auteurs afsûrent (& l'on peut s'en convaincre par foi-même) que fur le très-petit nombre de maifons à jetter à bas, il n'en eft aucune affez intéreffante pour exciter des regrets; la circonftance des terreins vaftes des jeux de boules & autres non bâtis, faciliteroit l'exécution du projet en diminuant le nombre des maifons particulières à facrifier. Les auteurs defireroient qu'on établît une Commiffion à la tête de laquelle feroit M. *de Sartine* ; le defir qu'ils ont de voir ce Magiftrat intègre autant qu'éclairé , préfider à leurs opérations, annonce la pureté de leurs vûes & les ménagemens qu'ils mettroient pour immoler le moins poffible l'utilité particulière à l'utilité publique.

Cette fpéculation offre inconteftablement un moyen évident de finance prélevée fur la feule amélioration de la chofe , fans être onéreux ni à l'Etat ni aux Comédiens. Les Auteurs y joindroient d'autres reffources qui viendroient à la fuite de ce moyen. Ce projet ne leur offriroit point des gains immenfes; mais il leur afûreroit l'eftime & la reconnoiffance du Public ; & cette noble récompenfe fuffiroit pour des perfonnes que leur fortune & la médiocrité de leur ambition mettent au deffus des efpérances flatteufes dont fe bercent les faifeurs de projets.

F I N.